閱讀123

國家圖書館出版品預行編目資料

小火龍棒球隊 / 哲也文；水腦圖
-- 第二版. -- 臺北市：親子天下, 2018.01
96 面； 14.8x21公分. --（閱讀123）
ISBN 978-986-95491-8-9（平裝）
859.6　　106018442

閱讀 123 系列 ———— 018

小火龍棒球隊

作者｜哲也
繪者｜水腦
責任編輯｜蔡忠琦　特約編輯｜小摩
美術設計｜林家蓁
行銷企劃｜王予農、林思妤

天下雜誌群創辦人｜殷允芃
董事長兼執行長｜何琦瑜
媒體暨產品事業群
總經理｜游玉雪
副總經理｜林彥傑
總編輯｜林欣靜
行銷總監｜林育菁
資深主編｜蔡忠琦
版權主任｜何晨瑋、黃微真

出版者｜親子天下股份有限公司
地址｜台北市 104 建國北路一段 96 號 4 樓
電話｜（02）2509-2800　傳真｜（02）2509-2462
網址｜ www.parenting.com.tw
讀者服務專線｜（02）2662-0332　週一～週五：09:00~17:30
讀者服務傳真｜（02）2662-6048
客服信箱｜ parenting@cw.com.tw
法律顧問｜台英國際商務法律事務所．羅明通律師
製版印刷｜中原造像股份有限公司
總經銷｜大和圖書有限公司　電話：（02）8990-2588

出版日期｜ 2009 年 1 月第一版第一次印行
2023 年 12 月第二版第二十三次印行
定價｜ 260 元
書號｜ BKKCD096P
ISBN ｜ 978-986-95491-8-9（平裝）

———— 訂購服務
親子天下 Shopping ｜ shopping.parenting.com.tw
海外 ・ 大量訂購｜ parenting@cw.com.tw
書香花園｜台北市建國北路二段 6 巷 11 號　電話（02）2506-1635
劃撥帳號｜ 50331356 親子天下股份有限公司

小火龍棒球隊
文 哲也 圖 水腦

目錄

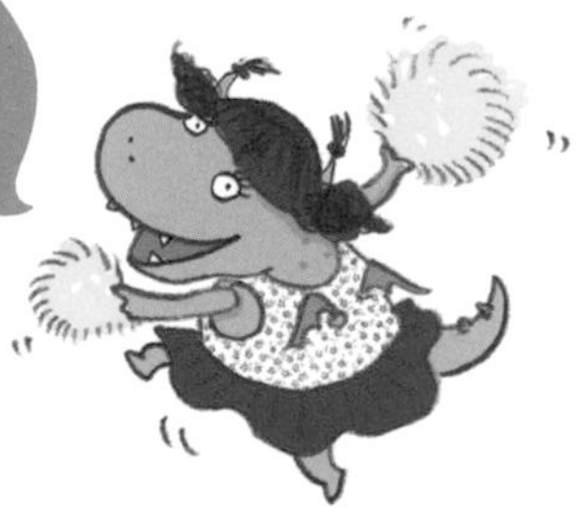

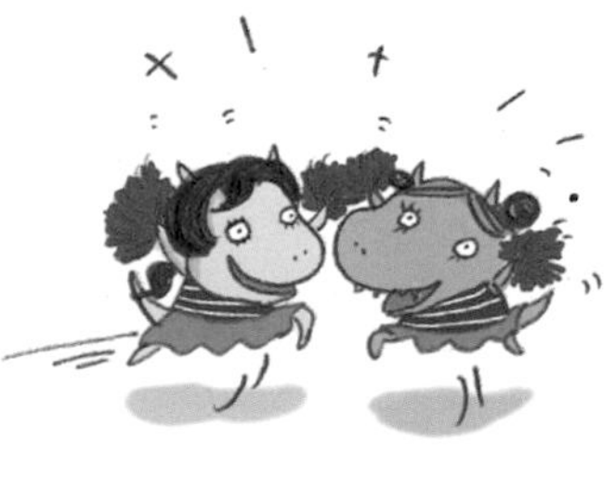

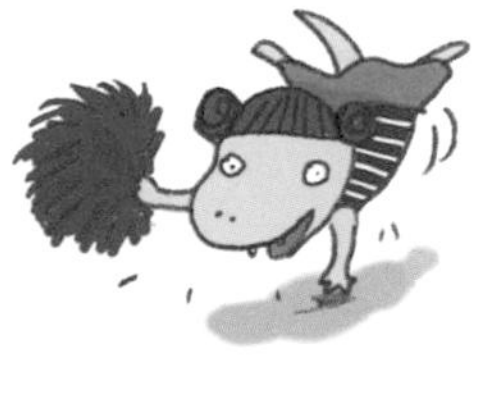

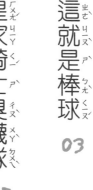

FD
這就是棒球

時間的巨人走起路來沒有聲音，
但是走得很快……
除了跌倒的時候以外。
轟隆……
火龍家的洞窟微微搖晃了一下。
「怎麼啦？」火龍媽媽拿起
遙控器，把電視機聲音關小一點。
「外面是什麼聲音？」

「一定是時間巨人又跌倒了。」

小火龍抬頭瞧瞧時鐘，秒針動也不動。

果然，外頭森林邊的草原上，時間巨人坐在地上揉著膝蓋，東看看，西看看，又趕緊爬起來，紅著臉走進森林裡。

秒針又輕快的跑了起來。

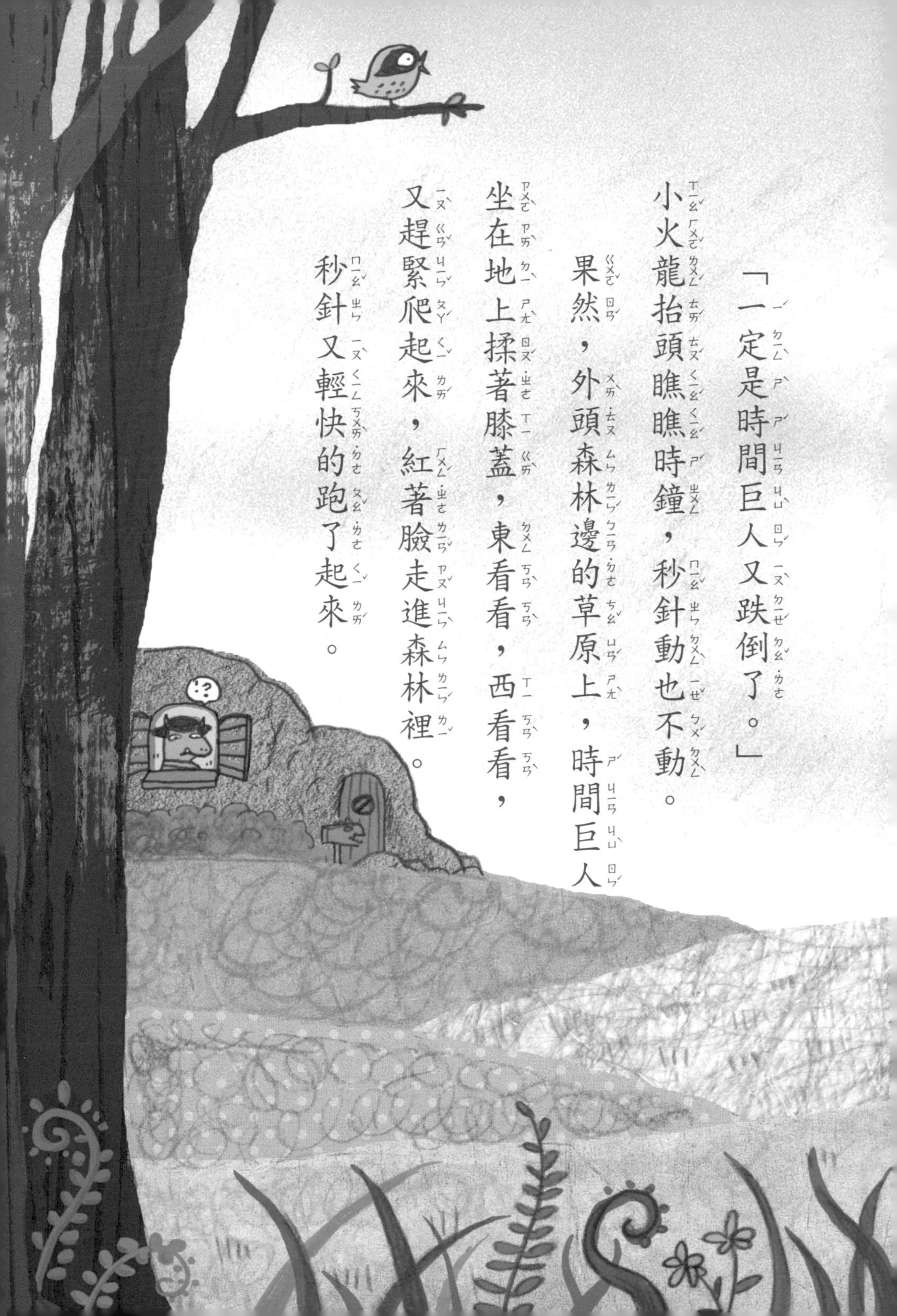

「孩子啊，你看，時間走得多快啊。」火龍媽媽看看窗外，又回頭繼續盯著購物臺。

喀答、喀答。小火龍沒說話，彎著腰專心剪指甲。

「那首歌是怎麼唱的？我的時間小鳥一去不回來？」

「是我的青春啦，媽。」小火龍說。

「對對對。算起來，你被退學以後，回到家裡已經一個多月了。」

喀答、喀答。小火龍沒說話。

玉米

「你爸給你找的學校，都沒有你喜歡讀的嗎？」媽媽瞇著眼說。

小火龍瞄了瞄桌上的一疊招生簡章，沒說話。

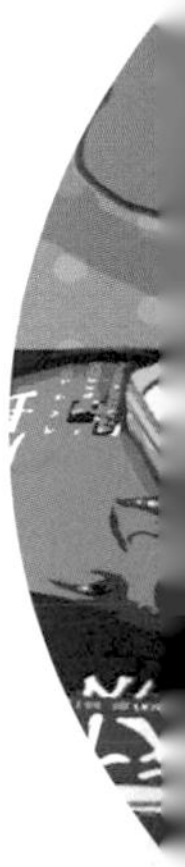

「整天在家裡遊手好閒也不是辦法。」媽媽又說。

喀答、喀答。

「光會打電動玩具。以後怎麼辦喔。」媽媽又說。

「好啦，我找一所學校去念就是了。」小火龍有氣無力的說。

「真的嗎？」媽媽張大了眼睛，從沙發上跳起來。

「真的啦。」

「你是說真的嗎？」

「我怎麼會騙你。」

「真的只剩最後十組
限量特價嗎？」

媽媽衝到電視機前面，對著購物頻道主持人大喊著：

「你是說真的嗎？」

火龍媽媽飛也似的拿起電話。

「快給我送一組特價的『好苗條電動跑步機』來！」

媽媽對著話筒喊：「對對對，我是火龍媽媽！」

喀答、喀答。小火龍繼續剪腳指甲。

「哈哈！差點就錯過了！」

火龍媽媽大笑著躺回沙發上。

「我們剛剛說到哪裡？對了，那首歌是怎麼唱的？我的機會小鳥一去不回來？」

「是我的青春啦，媽。」

「對對對。你回來家裡也一個多月了。如果不想讀書，也要找點有興趣的事情做啊。」

小火龍剪好腳指甲，穿上球鞋，拎起棒球帽，看著他可愛的媽媽，笑著說：「我的興趣是打棒球。」

「棒球是什麼東西？」

黑森林邊的大草原上，小火龍的玩伴們張大了眼睛，圍在小火龍身邊。

「喏，這就是棒球。」小火龍拿出一顆圓溜溜的玩意兒。

「這麼小一顆？」小暴龍問：「怎麼吃得飽？」

「這不是吃的。」小火龍耐著性子說：「這是一種很有趣的運動。」

「運動？」

小暴龍、鴨嘴龍、迅猛龍，還有九頭龍小妹，全都歪著頭。

「你們都有追著鐵甲騎士跑的經驗吧？」

小火龍問。

大家點點頭。

「跑完以後，是不是覺得流了很多汗？

全身都很舒服？」

大家點點頭。

「那就是一種運動。」

「原來如此。」大家都笑了。

「不過打棒球比追騎士還難喔。」

小火龍把一根木棒遞給小暴龍。「首先第一步，你要先打得到球才行。」

小火龍站上草原中間的小土丘，投出第一球。

咻！小暴龍揮棒落空，跌倒在地上。

「哇哈哈哈！」小火龍比出勝利手勢大笑說：「很難吧？這就是棒球！我以前可是火龍學園棒球隊的明星球員喔！

我在這裡勸告你們，絕對不要小看棒球。」

大家都用很敬佩的眼神看著他。

小暴龍灰頭土臉的從地上爬起來。

「真的很難耶。」他笑著跑去把球撿回來：

「拜託你教我們打棒球好嗎？」

小火龍皺著眉頭考慮著，好像很為難的樣子。這個小暴龍雖然力氣大，可是頭腦簡單，早上學的東西，常常到了晚上就忘了。

「好吧。那你們要好好學才行。」小火龍插著腰說。

大家都歡呼起來，圍著小火龍又叫又跳。

「好好好，別高興得太早。」小火龍也笑著說：

「你們要知道，棒球要打得好，只有一個祕訣，就是要苦練。來，從小暴龍開始，我投球給你打。我相信，練習到

第一百球的時候，你就打得到球了。」

「是！隊長！」小暴龍向小火龍敬禮，

然後走進打擊區。

「看好喔。我的球速很快的。」

小火龍抬起腳，咻！投出一記快速直球。

小暴龍用力一揮……

喀！

球朝著蔚藍的天空飛出去。

「這樣算打到了嗎？」小暴龍指著球問。

「勉……勉強吧。」小火龍瞇著眼睛看著地平線。

球飛到地平線的盡頭，消失了。

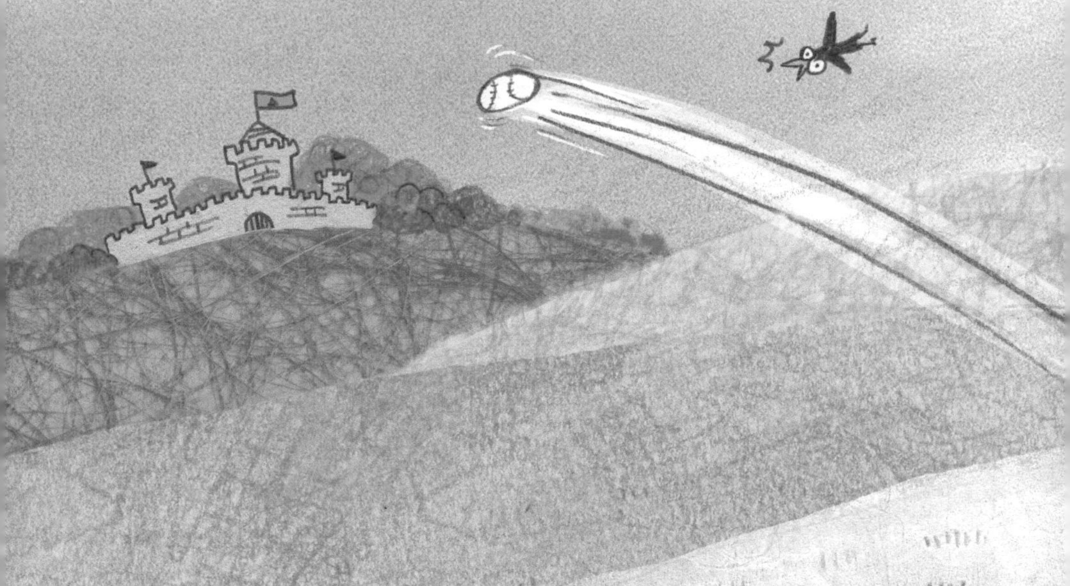

「隊長！我們繼續吧，還有九十九球要練習呢！」小暴龍向小火龍敬禮，走進打擊區。

「不。今天就練到這裡。」

小火龍瞇著眼睛看著地平線說：

「因為我只有這一顆球。」

皇家騎士臭襪隊

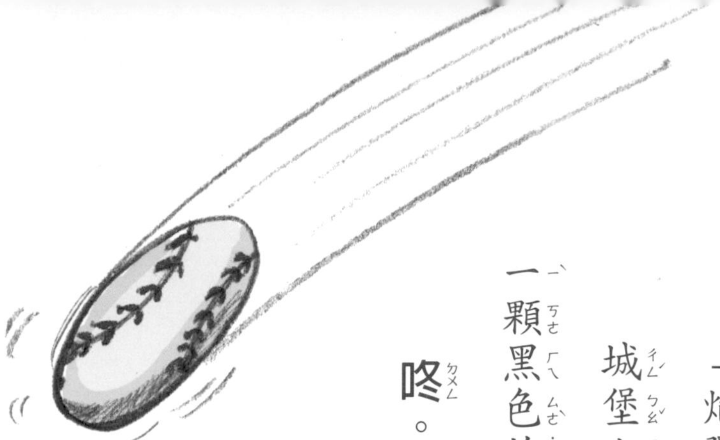

在遙遠的地平線另一邊……

「炮彈來襲！」

城堡上方，瞭望臺上的衛兵尖叫著，用望遠鏡盯著一顆黑色的圓球朝自己的額頭飛過來。

咚。

圓球反彈進城堡裡，滾到皇家棒球運動場中間。

戴著大墨鏡的皇家棒球教練彎下腰，把球撿起來。

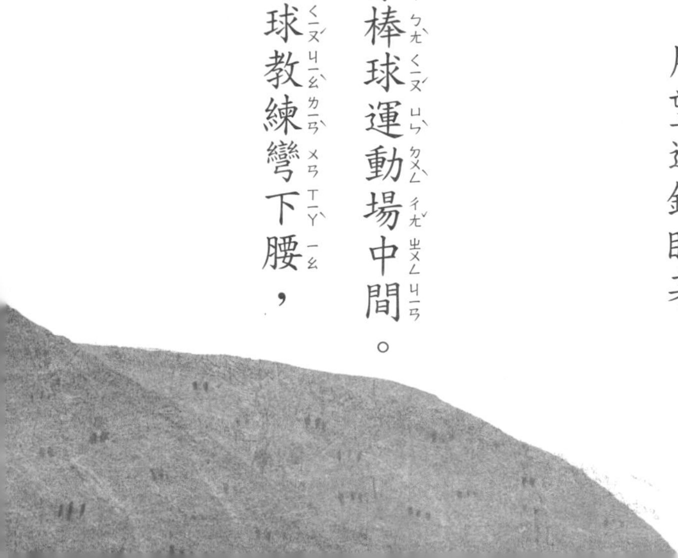

「這不是炮彈。」他推了推眼鏡說：

「這是一顆棒球。」

「好大的棒球！」球員們紛紛圍過來看。

「依我看來，這是火龍的專用球。」

「火龍？」大家都睜大了眼睛。

「沒錯。」教練抬頭看著天空說：「在遙遠的地平線另一邊，住著一群邪惡的怪獸。

有火龍、九頭龍、暴龍……」

「真可怕……」

「迅猛龍、鴨嘴龍、跳跳龍……」

「太可怕了……」

「洛克龍、神奇龍、寶貝龍……」

「真是太可怕了……」

「難怪你們會怕。」

皇家教練看著天空說：「因為牠們的球技，真的是很可怕。傳說，在一百年前……」

天上的白雲，悠悠飄過。

「一百年前，人類和火龍展開了一場大戰。結果人類只以一比零險勝。」

「用棒球決鬥？」

「沒錯。那次大戰以後，火龍族氣得發誓，一百年之內不打棒球。」

天上的蒲公英，悠悠飄過。

「在這一百年當中，人類享受著幸福快樂的生活。現在，一百年已經過了……」

天上的黑烏鴉，呱呱飛過。

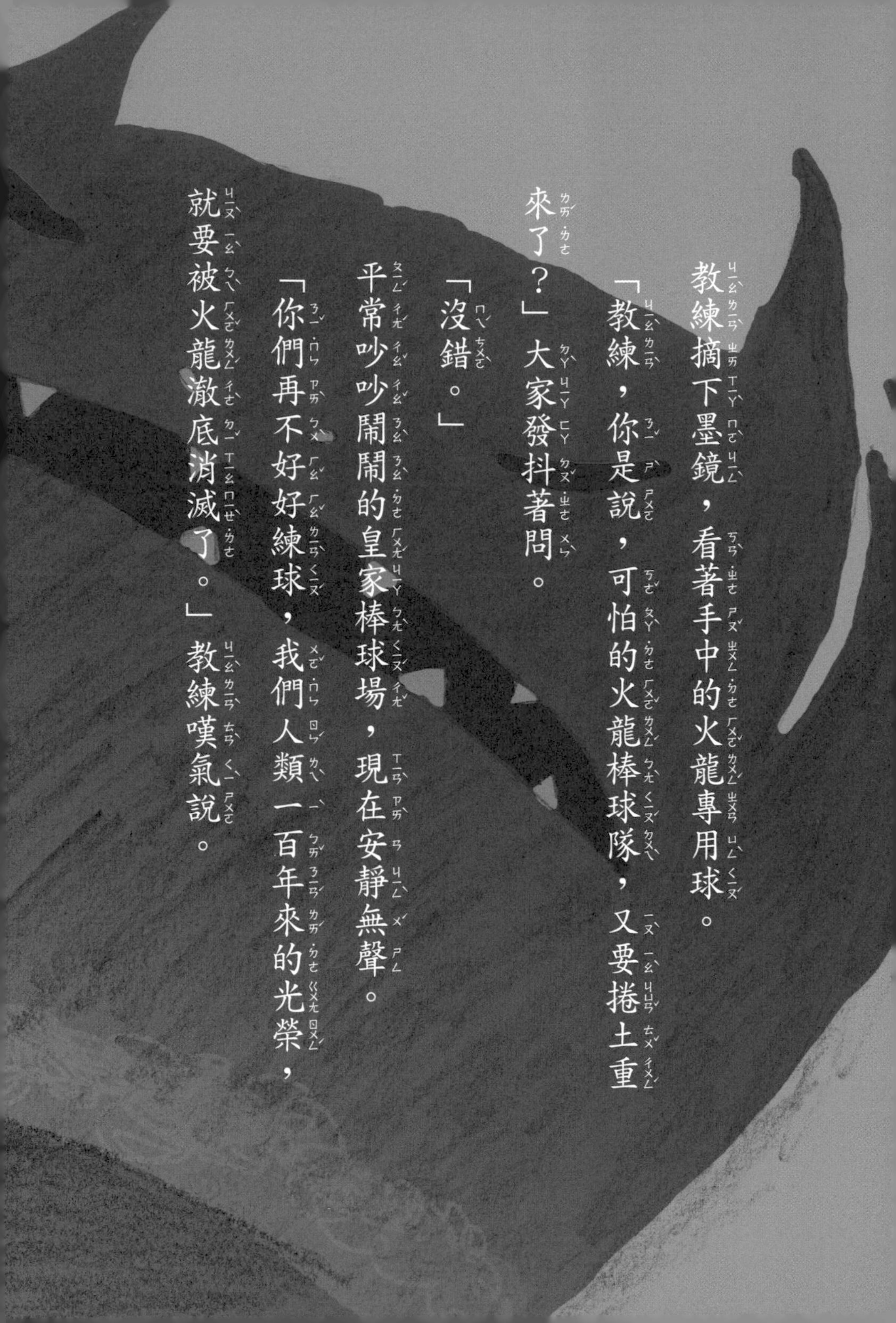

教練摘下墨鏡，看著手中的火龍專用球。

「教練，你是說，可怕的火龍棒球隊，又要捲土重來了？」大家發抖著問。

「沒錯。」

平常吵吵鬧鬧的皇家棒球場，現在安靜無聲。

「你們再不好好練球，我們人類一百年來的光榮，就要被火龍澈底消滅了。」教練嘆氣說。

大家都靜靜的把手上的漫畫書合起來。

「教練，我們現在開始好好練球就是了嘛。」

「來不及了。敵人已經來挑戰了。」

教練手指著城牆上。

小火龍趴在城牆上，探出頭來。

「對不起，我不是有意偷聽你們說話。」小火龍說：「你們有沒有看到一顆球掉到這裡來？」

城堡裡警報聲、號角聲、尖叫聲響成一片，連烽火臺都點燃起來了。

「火龍來襲！」

「喂，我只是要來討回我的球而已。」小火龍說。

「你是說，你要來替火龍族討回公道嗎？」皇家教練一手拿著球，一手指著小火龍喊：「好吧！我接受你的挑戰！」

「你耳朵有問題嗎？」小火龍歪著頭。「把球還我。」

「沒禮貌！我乃是『皇家聖殿騎士團大聯盟臭襪隊』的總教練，不管你是什麼怪獸，惹我生氣的下場就是這樣！」教練把球放在地上踩。

「喂！那是我的球耶！」小火龍覺得一陣怒火湧上心頭。「還我！」

「才不要。」教練扮鬼臉。

轟！

一陣火焰，把本壘板和總教練的鬍子都燒焦了。

「還我。」

「拿去拿去！誰希罕。」總教練把球丟出城牆外。「明天中午，把火龍族的棒球高手都帶到草原上來！我們來打一場決勝負！」

「一言為定！」小火龍用尾巴輕輕一甩。

唏哩花啦……城牆全垮了。

太陽快下山的時候，小火龍才低著頭慢慢走回草原上。

唉，我怎麼又這麼衝動。

這下怎麼辦？

他扳著手指頭算，把所有的玩伴們都加起來，也湊不足一支球隊的人數。

草原上，大家都回家了，只剩下小暴龍。

「你去哪裡了呀？」小暴龍興高采烈的說。

「我去把球撿回來了。」

「什麼球？」

「就是這顆棒球啊。」

「棒球？」小暴龍歪著頭說：「這麼小一顆？怎麼吃得飽？」

小暴龍的腦袋很簡單。早上學的東西，常常到了晚上就忘了。

「這不是吃的。」小火龍嘆了口氣。「這是一種很傷腦筋的運動。」

比賽開始

晚餐後，溫暖的火龍家裡……

「真的嗎？」火龍媽媽一邊敷臉一邊大喊。

「邀我們一起打球？你沒有搞錯吧？」火龍爸爸在沙發上吃著玉米脆片說。

「是真的啦，」小火龍說：「只是一場友誼賽，就

缺兩個人，有你們參加，我們一定會士氣大振的。」

「好啊好啊。可是我從來沒玩過棒球耶。」媽媽興奮的說。

「棒球很簡單。」小火龍看著窗外的月亮說：「連小暴龍都會。」

「連小暴龍都學得會？那我一定沒問題。」火龍媽媽笑著說：「運動方面我很拿手，我年輕的時候還當過隊長呢。」

「哦？什麼隊？」小火龍眼睛一亮。

「啦啦隊。」

「喔。」小火龍又轉頭看窗外。

看來這場比賽是凶多吉少。

「對手是誰呀？」媽媽笑咪咪的問。

「是城堡裡的那些傢伙。」

「你是說騎士？」媽媽張大眼睛。「你怎麼會認識他們？」

「嗯……」小火龍紅著臉說：「打球認識的。」

「人類不是都很看不起我們嗎？」媽媽把小火龍抱過來摸摸頭。

「你還可以跟他們打成一片，人緣不錯嘛！」

「嘿嘿。」

「這證明了只要我們好好對待別人，敵人也會變成朋友。」媽媽說：「老伴兒，你說對吧？」

沙發上只傳來打呼聲。

「你老爸最近不知道在忙什麼，累成這樣。」

火龍媽媽埋怨說：「不管他。什麼時候比賽？」

「明天中午。」小火龍又看著窗外，真希望明天的太陽不要出來。

「明天？」媽媽張大眼睛。

「不會吧？」

第二天……

「國王駕到！」

陽光明媚的草原上，響起了高昂的號角聲。一群雄糾糾氣昂昂的騎士，護送國王進場，讓他坐到本壘後方的轉播席上。

騎士們走進右邊的球員休息區，脫下盔甲，秀出「皇家騎士臭襪隊」的帥氣制服。

「哇，」左邊的休息區裡，火龍媽媽指著人家：「他們有制服耶！早知道，我也給自己縫一件。」

「媽，只有你一個人穿就不叫制服了。」小火龍向他的隊員招手：「大家集合！」

「隊長好！」大家向小火龍敬禮。

「大家聽好，」小火龍再把棒球規則簡單講解一遍：「這顆就叫棒球。」

「這麼小一顆？」小暴龍歪著頭。

「這不是吃的，你們看到對方投手投來的球，就用球棒努力打出去，然後趕快跑，跑過三個壘包，沒有被抓到的話，回到這裡，」小火龍踩踩本壘板。「就得分了！」

「耶！」大家都歡呼起來。「好簡單！我們贏定了。」

小火龍看著天真的隊友們苦笑。號角聲又響了。

「兩隊的教練到場中間來。」轉播席上，大嘴鳥對著麥克風喊。

小火龍和皇家騎士隊的大墨鏡總教練面對面。

一位戴著尖帽子的老人走過來。

「今天的裁判工作，由我巫師來擔任。」老人說：

「這是我的名片。」

發完名片以後，老巫師解說今天的比賽規則。

「第一，今天的比賽以三局決勝負。第二，今天比賽用的球，採用騎士隊的棒球。而場地則是採用火龍專用的球場，也就是說，球場比較大。但是騎士跑壘的時候，可以騎馬。同意嗎？」

雙方點點頭。

「好，現在，你們可以各自對對方說幾句狠話。」

「小子，遇到我算你倒楣！」大墨鏡教練咬著牙說：

「你們死定了！」

「你說得對。」

小火龍說。

「這算狠話嗎？」大墨鏡教練問老巫師。

老巫師聳聳肩。

「小子，你敢不敢跟我約定，」大墨鏡教練又咬牙說：「誰輸球，誰就一百年內再也不打棒球？」

「也好。」小火龍用腳撥著地上的沙土。

「他到底怎麼了？」大墨鏡教練問老巫師。

老巫師又聳聳肩。

「那麼，比賽就開始吧。」老巫師舉起魔杖，

天空撒下煙火和彩帶。

「第一局，開始！」大嘴鳥宣布：

「騎士隊先攻！」

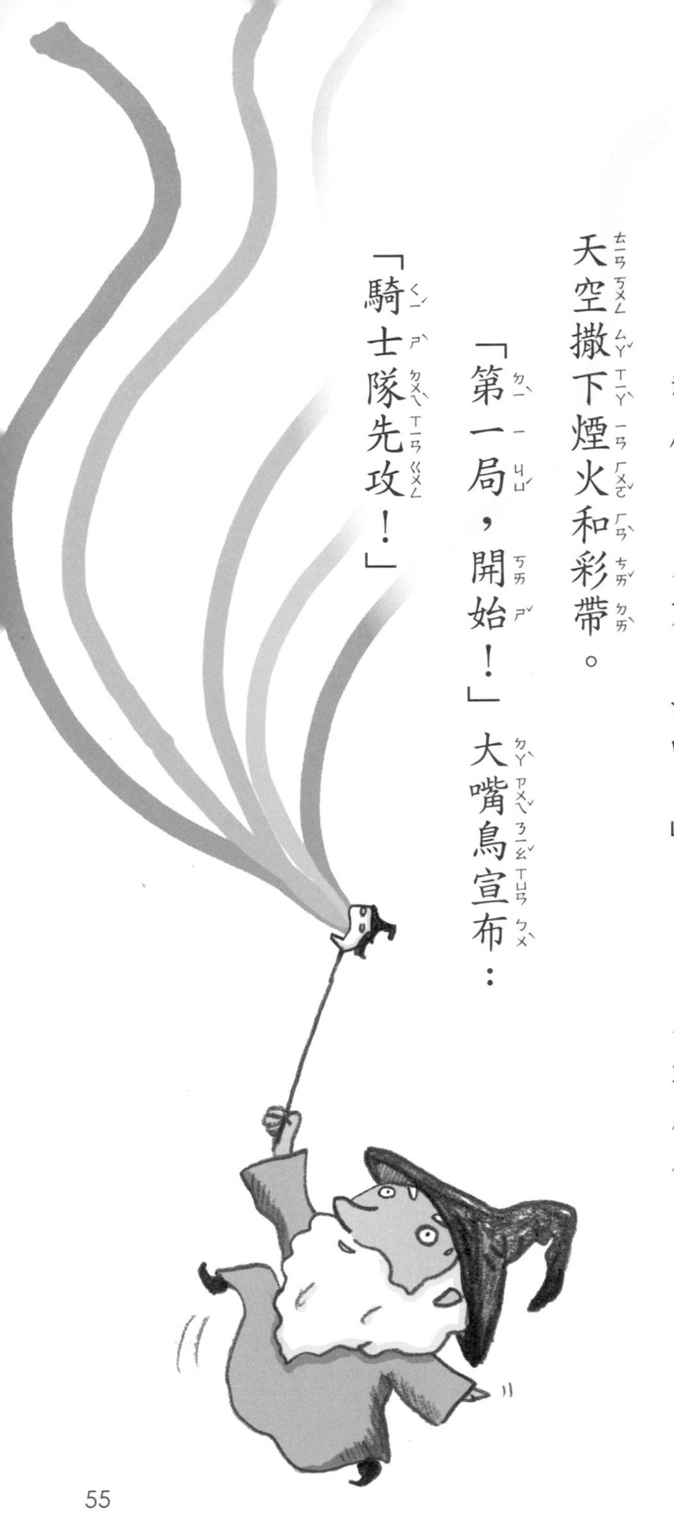

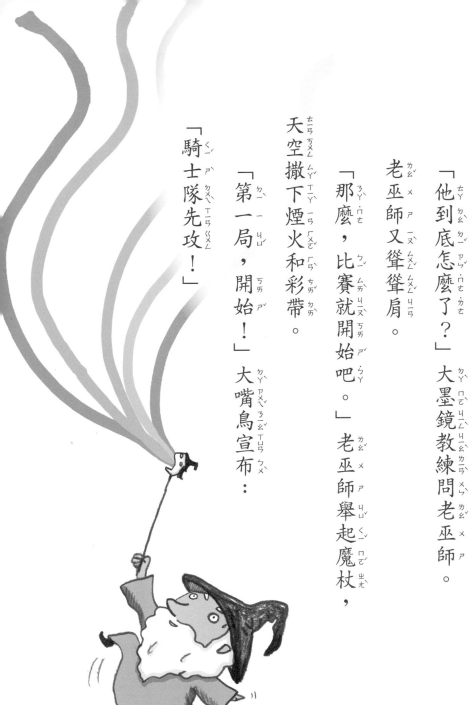

騎士隊第一棒走進打擊區，面對火龍隊的投手小火龍。

「惡龍，受死吧！」騎士隊第一棒大喊。

咻！咻！咻！連續三顆快速直球，就把第一棒三振出局。

「哇！好快的球速。」大嘴鳥轉播員說：

「第二位打擊者上場了！」

呼！呼！呼！第二棒連續三次揮棒落空。

「又是三振！小火龍真是太強了！」

大嘴鳥喊。

第三棒上場，喀，打出了一支高飛球。

小火龍輕輕飛起來，把它接殺。

「漂亮的飛身接球！上半場很快就結束了！」大嘴鳥喊：「國王先生，請講評！」

「啊，我剛剛在綁鞋帶，所以沒看到。」

「好，謝謝國王精采的講評。現在換火龍隊打擊了。第一棒，小火龍！」

小火龍拎起球棒，走進打擊區，心裡燃起一絲希望。

嗯，只要我能夠不讓他們擊出安打，然後我自己打出全壘打的話……就算這群傻隊友不會接、不會投、不會打，只靠我一個人，我們也能贏！

來吧，看我的！
呼！呼！呼！
投手連續投出三顆
慢吞吞的變化球。
小火龍連續三次揮棒落空。
「三振出局！」大嘴鳥喊得嗓子
都快破了。

青春的小鳥

美麗的大草原上，臨時搭建出來的棒球場四周，越來越熱鬧了。

從各地趕來的觀眾，圍繞在本壘板兩邊。

「臭襪隊，加油！」

「火龍隊，噴火！」

「打倒惡龍！」

「把襪子拎去洗一洗吧！」

各式各樣的加油聲都有。

旁邊的記分板上，還是寫著零比零。

小火龍被三振以後，第二棒迅猛龍、第三棒九頭龍小妹也都打不到球。

「第一局結束，攻守交換！」大嘴鳥喊。

「傷腦筋，人類的球對我們來說太小了，根本看不清楚。」小火龍一邊抱怨一邊走上投手丘。

「友誼賽而已嘛。」擔任一壘手的火龍媽媽走上前幫他梳頭髮。「輕鬆點，寶貝。」

「媽，球場上別這樣。」

小火龍把頭髮撥亂，再連投三顆快速直球，把騎士隊第四棒強打者三振。

球場邊，大嘴鳥播報員訪問到了騎士隊的大墨鏡教練。

「教練，你們的打擊完全被封鎖了耶。」

「沒關係，」大墨鏡教練笑著說：「他這樣用盡全力投球，很快就會累了。」

「啊，第五棒也被三振了！」

「沒關係，他很快就會累了。」

「啊，第六棒也被三振了！」

「沒關係，他很快就會累了。」

大墨鏡教練擦著汗說。

「可是比賽也很快就要結束了。」

「……」

大嘴鳥說。

「好，我們謝謝教練精采的講評。」

接著，第二局下半，輪到火龍隊打擊。

鴨嘴龍嘴巴太長，所以被觸身球打到，上一壘。

下一棒跳跳龍擊出內野彈跳球，造成雙殺。

下一棒洛克龍打出本壘上方高飛球，接殺出局。

「不錯，起碼我們打得到球了。」小火龍安慰著大家，走上投手丘。

「緊張緊張緊張！」大嘴鳥又大喊：「比賽進入最後一局，形成投手戰，還是零比零！誰能先得分呢？現在輪到騎士隊進攻，啊，大家看，他拿的是魔法球棒！」

果然，騎士隊的第七棒，手上的球棒發出七彩的神奇光芒。

「我們來問一下主審裁判。」大嘴鳥走到本壘後方。「這樣不算犯規嗎？」

「棒球規則並沒有說不能使用魔法。」巫師先生一邊發名片，一邊說：「這叫『百發百中魔力棒』，在我各地的魔法便利商店都有賣喔。」

喀！

魔力棒果然厲害，一棒就擊出強勁有力的平飛球。

游擊手小暴龍張開大嘴，球剛好飛進他嘴裡。

「被吃掉了！」大嘴鳥尖叫。

「接殺出局！」

「這麼小一顆，怎麼吃得飽？」小暴龍抱怨。

喀！下一棒又打擊出去，這次又高又遠……

「是全壘打嗎？」大嘴鳥喊：「啊，空中出現了一頭飛龍，是火龍爸爸！」

二壘手火龍爸爸飛到高空，把這一球接到手套裡。

「親愛的，你太棒了！」火龍媽媽朝天空大喊。

「哇哈哈！你現在知道我最近都在忙什麼了吧？」火龍爸爸在空中拍著翅膀說：「為了像兒子一樣帥氣的飛行，我偷偷苦練了好久呢。」

「拜託你們不要這樣。」小火龍笑著說。「還有最後一個打者呢。」

觀眾也笑了。

大墨鏡教練把頭埋進毛巾裡。

騎士隊最後一位打者，拿著魔力棒用力一揮。

喀！

球穿越了內野防區，滾到森林裡去。打擊的騎士跳上一匹駿馬，往一壘飛奔。

「快快快，一壘在這裡，」火龍媽媽興奮的說：「太好了，你們終於上壘了，快往二壘跑吧！」

「謝謝！」騎士揮手說：「請問二壘在哪裡？這球場實在太大了。」

「你沿著這條白線直直走，到森林裡就找得到了。」

騎士騎著馬跑進森林裡，卻只看到一棟木屋。

「有人在嗎？」騎士推開門。「請問二疊在這裡嗎？」

木屋裡的大床上躺著一位老人。

「我是可憐的老婆婆，我生病了。」棉被裡發出這樣的聲音。

「我看看有沒有發燒。」騎士摸著老人的額頭。

「你的皮膚怎麼這麼粗糙？」

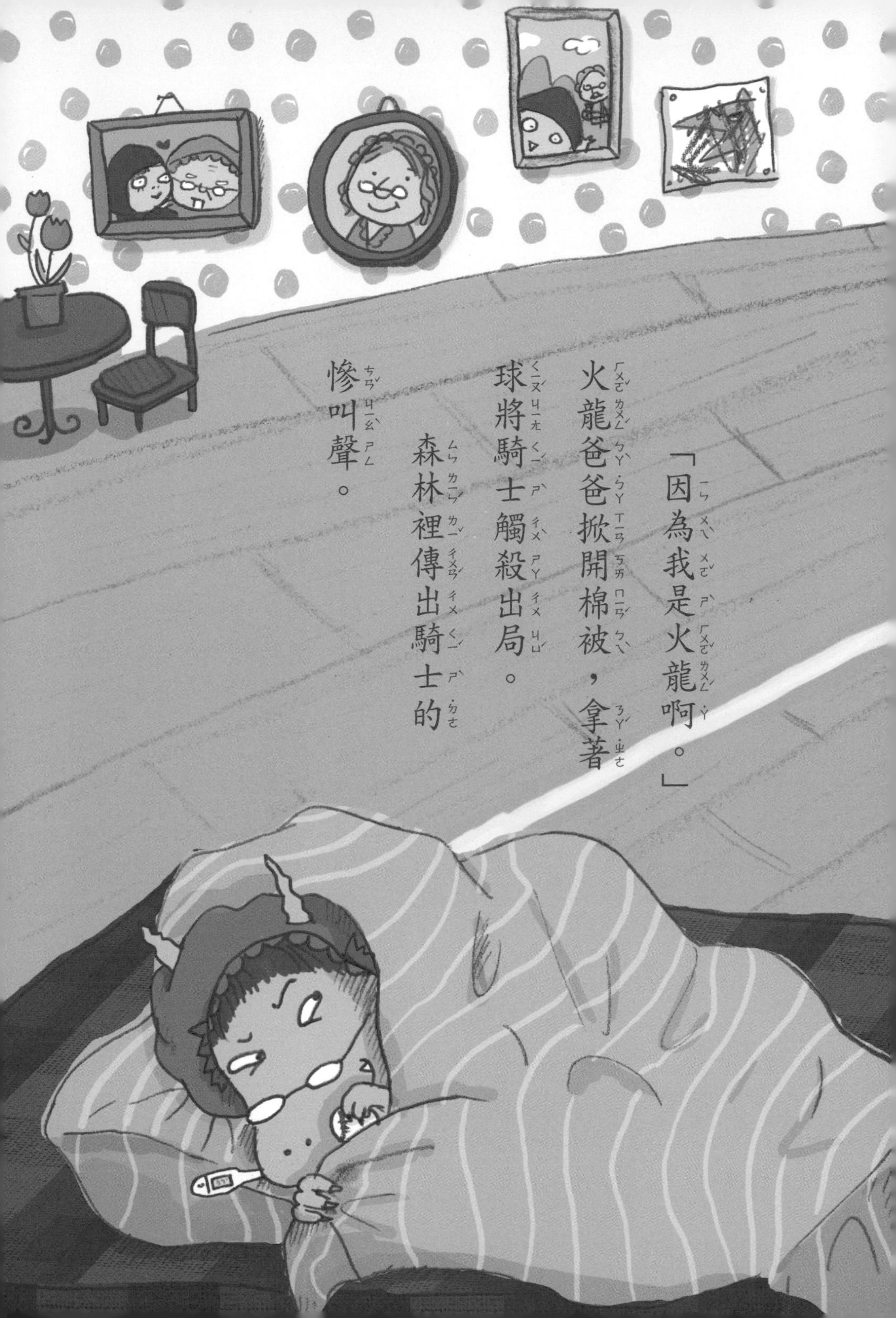

「因為我是火龍啊。」

火龍爸爸掀開棉被，拿著球將騎士觸殺出局。

森林裡傳出騎士的慘叫聲。

「這樣不算犯規嗎？」大嘴鳥問裁判。

「棒球規則並沒有規定二壘手不能假扮成老婆婆。」老巫師看著轉播畫面說。

「那麼，三人出局！」大嘴鳥喊：「現在輪到火龍隊的最後進攻！」

小火龍把球棒交給小暴龍。

「記住，棒球不是吃的。」小火龍拍拍他的頭。

「那是做什麼用的？」小暴龍笑著走進打擊區。

小火龍抬頭看看藍色的天空。

「棒球是一種盡了力就不後悔的運動。」小火龍說：「就跟青春一樣。」

騎士隊投手卯足全力投出。

小暴龍用力一揮……

喀！

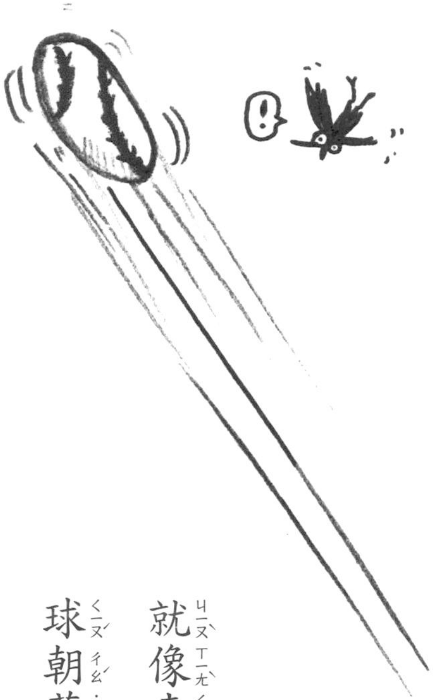

就像青春的小鳥一樣……

球朝著蔚藍的天空飛了出去。

月光下的歡呼

重播
巨人又昏倒
火龍隊小暴龍擊出

「啊，真是累死我了！」

月光下，溫暖的火龍家裡，火龍媽媽嘆氣說：「我的腳好痠，大概三天不能走路了。」

「誰叫你跑那麼快。」小火龍幫媽媽搥著背說。「打出全壘打以後，慢慢跑壘就可以了啊。」

「你們看，電視正在重播呢。」爸爸指著螢幕說。

電視上，大嘴鳥正在尖叫：「小暴龍擊出一顆界外高飛球……剛好掉在路過的時間巨人頭上，球反彈進騎士隊一壘手的手套裡，小暴龍出局，可是……巨人昏倒了！」

接著畫面閃爍了一下。

畫面恢復正常後，下一棒火龍媽媽拎著閃耀七彩光芒的球棒，走進打擊區。

「媽，你真是天才耶，」小火龍指著電視說：「竟然趁時間停止的時候，跑到魔法便利商店去。」

「唉，所以我的腳才這麼瘦啊。」媽媽嘆著氣，聽

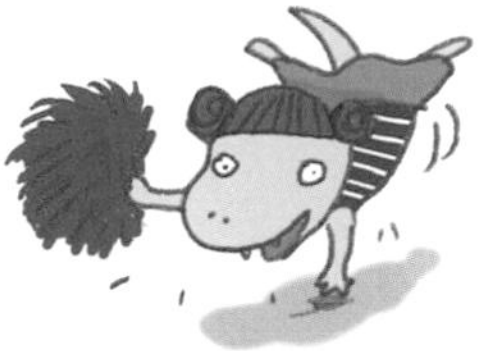

著電視重播她打出全壘打畫面時，觀眾發出的瘋狂歡呼。「奇怪的是，為什麼只有我們火龍不受時間停止的影響？」

「因為我們的青春像小鳥一樣停不下來呀。」小火龍大笑。

「還好贏了。害我擔心了老半天。」

「擔心什麼？只是一場友誼賽不是嗎？」媽媽歪著頭。

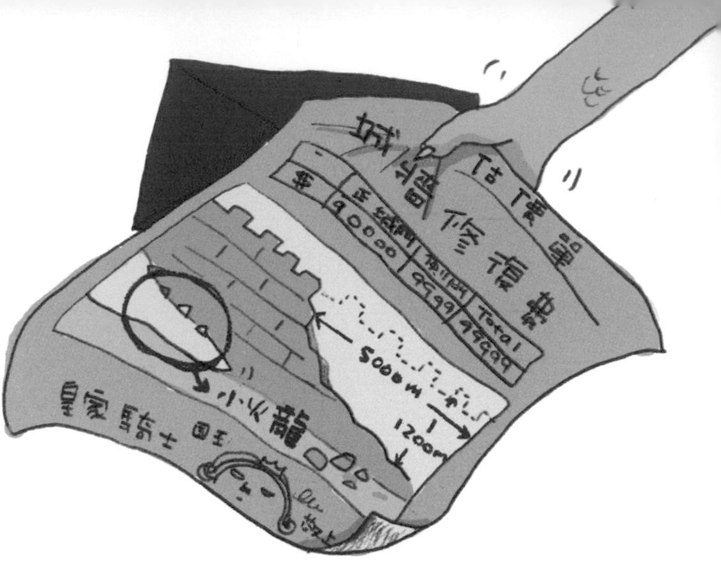

「我看沒那麼簡單。」爸爸把一封信遞給小火龍。「剛剛收到的。」

信封裡是一張「城牆修復費用估價單」。

「明天去幫人家把城牆修好吧。」

爸爸拍拍小火龍的肩膀。

「免得我們火龍族的人緣越來越差。」

小火龍紅著臉點點頭。

叮咚，電鈴響了。

「誰呀？」火龍媽媽有氣無力的說：「我沒力氣開門了。」

「火龍媽媽？」送貨小弟在門外喊：「您訂的『好苗條電動跑步機』送來了。要不要先試跑一下？」

而在地平線的另一邊……

「教練，我們真的一百年不打棒球了嗎？」

皇家棒球場上，教練和球員們躺在地上看月亮。

「教練，那我們以後要玩什麼？」

教練想了很久才抬起頭。

「你們看到那邊籃子裡的棒球嗎？」教練說：「一人過去拿一顆。」

大家都去拿了一顆棒球。

「好，試試看誰能把球投進空籃子裡！」

大家都投了，卻只投進一球。

「很難吧？」教練大笑說：「這就是我剛剛想到的一種新運動，只要把球投進籃裡，就可以得兩分。」

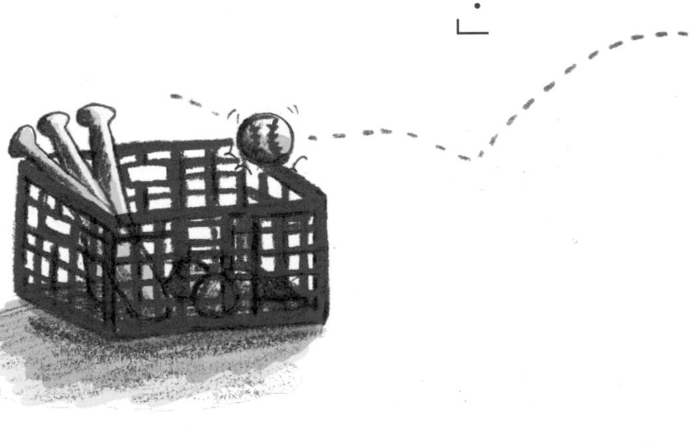

「哇！」大家都驚喜萬分。

「進一球就可以得兩分，以後就不怕像今天一樣掛零了。」教練說。

「真不愧是教練！」大家鼓掌。

「最好可以把球加大一點，把籃子掛高一點……」

教練思考著。「叫什麼名字好呢……就取名為『籃子球』好了。」

大家把教練抬起來歡呼。

銀色的月光，灑在美麗的大地上……天真的人類和快樂的怪獸們，繼續過著幸福的生活。

棒球到底是做什麼用的……

在第三局下半的時候……

「現在輪到火龍隊的最後進攻！」大嘴鳥轉播員喊。

小火龍把球棒交給小暴龍。

「記住，棒球不是吃的。」

「那是做什麼用的？」小暴龍笑著走進打擊區。

這時候作者從觀眾席站起來，向裁判叫暫停，從大嘴鳥手中接過麥克風，唱了一首歌：

「棒球是爲了大叫大笑用的，
是爲了可以在草地上奔跑，
是爲了看球棒在陽光下閃耀。
是爲了可以把衣服弄髒，
爲了聞泥土的香味，
享受汗水流過傷口微微刺痛的感覺，
棒球是爲了帽簷下全神貫注的表情，
是爲了充滿希望的每一局，

也是爲了體會傷心與失望，
爲了知道敵人和朋友都有一樣的快樂和悲傷。
棒球是爲了讓全身上下的細胞激動一下，
一邊喝可樂或啤酒，
一邊猜測結局，
一邊享受世界本來就有的美好。
那可不必等到第九局結束才知道。」

作者優美的歌聲，深深打動了所有人的心，「他說得真對啊！真不愧是個聰明的好作者啊！」他們想，於是整個觀眾席開始跳起了波浪舞。

就連球員們也都跳起舞來。

「現在怎麼辦？」大墨鏡教練問小火龍。

「我們就比到這裡好了，不要再打下去了。」小火龍笑著說。「聽說水腦不擅長畫棒球，我們來唱歌好了。」

「那你敢不敢跟我打賭，唱輸的人一百年內再也不唱歌？」

「幹麼一定要你死我活。俗話說得好，太認真的人就輸了，不管是不是棒球。」

於是，整個球場變成唱歌跳舞的大舞會，而那神祕的作者，早已不知去向。

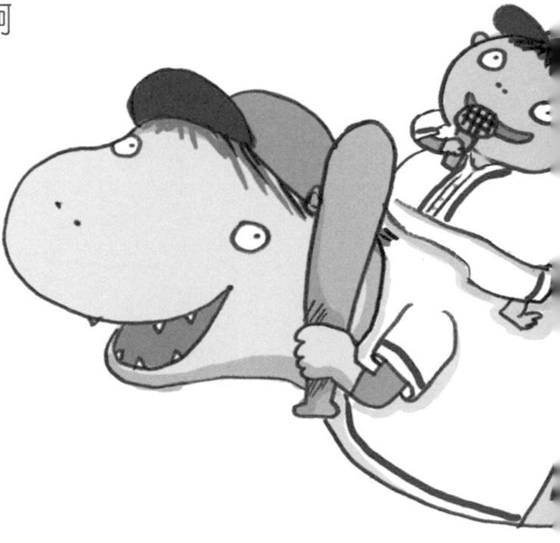

繪者水腦碎碎唸。
呃，火龍要……打棒球!?
擔憂之情。
你…行嗎？
親愛的，你在煩惱些什麼呢～♪
很久很久以前，有一對姊妹花。大的是編輯，小的是繪者。在她們合作的暢銷書《火龍家庭故事集》出版後的某一天……
阿腦♥阿腦！火龍續集來嘍♥
（故做欣喜狀引誘繪者）
耶♥我要看！
（渾然不知大難即將臨頭）
沒錯！小火龍要——打・棒・球・嘍！
呃……主題是？棒…球…？
棒球白癡1號
（顫抖）
棒球白癡2號
愛我別走啊！
加油啦寶貝，要記得開始做功課喔！（不懂別問我……）
不能叫作者寫點別的嗎？
飄－走－
嗯？一壘？二壘？…？三振出局？保送？
名詞都很熟，但都不懂。
……
完全是一片未知的領域啊。
看來得先搞清楚專有名詞和專業術語。
呆－
痴。
於是從我拿到稿子，到這本《小火龍棒球隊》到達你手中，繪者經歷了一連串的奮鬥……

努力上網找資料。
姿勢是醬子啊……
認真做功課。
好看耶♥
租來的棒球漫畫
老媽電話教學。
啥?四壞球打者保送上一壘?那什麼?講慢一點啦……
台南S.N.G
嘿啦!還有那個三振……
你媽不懂啦!我來講……
甚至還獻出了我生平第一次「棒球場觀賽初體驗」……
天母棒球場
壓力好大……
棒球達人Alicia
火龍2能不能生出來都靠你了!拜託,最好能讓她愛上棒球!
沒輕易放棄繪者的佛心編輯
總之,如果你看完這本書後,不覺得是個棒球白癡畫的,那表示我考前惡補得不錯(笑)。
謝謝這段期間幫助我了解棒球的朋友和家人,以及所有期待火龍續集的你們。你們的愛是我最大的動力。(雖然棒球還是沒有被我歸類在喜愛的事物裡,但你們絕對有。)
作者說我是棒球高手耶!居然找一個棒球低能兒來畫,這樣像話嗎?
剛開場不久
現在這樣是什麼狀況?
不斷被基礎問題驚嚇
計分板上那個是什麼?
八局下半…
啊!我吹起來了!
兩位小姐,有認真學嗎?
快結束嘍,來看一下誰贏好嗎?
顯然沒有愛上棒球。(沒有支持的球隊所以也不太在乎輸贏)
不孝龍!難道續集換人畫會比較像話嗎?
還有什麼意見?別忘了我三兩下就可以把你消滅喔……
呃……沒有♥
我最愛水腦了♥

讓孩子輕巧跨越閱讀障礙

◎親子天下董事長兼執行長　何琦瑜

在臺灣，推動兒童閱讀的歷程中，一直少了一塊介於「圖畫書」與「文字書」之間的「橋梁書」，讓孩子能輕巧的跨越閱讀文字的障礙，循序漸進的「學會閱讀」。這使得臺灣兒童的閱讀，呈現兩極化的現象：低年級閱讀圖畫書之後，中年級就形成斷層，沒有好好銜接的後果是，閱讀能力好的孩子，早早跨越了障礙，進入「富者越富」的良性循環；相對的，閱讀能力銜接不上的孩子，便開始放棄閱讀，轉而沉迷電腦、電視、漫畫，形成「貧者越貧」的惡性循環。

國小低年級階段，當孩子開始練習「自己讀」時，特別需要考量讀物的文字數量、字彙難度，同時需要大量插圖輔助，幫助孩子理解上下文意。如果以圖文比例的改變來解釋，孩子在啟蒙閱讀的階段，讀物的選擇要從「圖圖文」，到「圖文文」，再到「文文文」。在閱讀風氣成熟的先進國家，這段特別經過設計，幫助孩子進階閱讀、跨越障礙的「橋梁書」，一直是不可或缺的兒童讀物類型。

橋梁書的主題，多半從貼近孩子生活的幽默故事、學校或家庭生活故事出發，再陸續拓展到孩子現實世界之外的想像、奇幻、冒險故事。因為讓孩子願意「自己拿起書」來讀，是閱讀學習成功的第一步。這些看在大人眼裡也許沒有什麼「意義」可言，卻能有效引領孩子進入文字構築的想像世界。

親子天下童書出版，在二〇〇七年正式推出橋梁書【閱讀123】系列，專為剛跨入文字閱讀的小讀者設計，邀請兒文界優秀作繪者共同創作。用字遣詞以該年段應熟悉的兩千五百個單字為主，加以趣味的情節，豐富可愛的插圖，讓孩子有意願開始「獨立閱讀」。從五千字一本的短篇故事開始，孩子很快能感受到自己「讀完一本書」的成就感。本系列結合童書的文學性和進階閱讀的功能性，培養孩子的閱讀興趣、打好學習的基礎。讓父母和老師得以更有系統的引領孩子進入文字桃花源，快樂學閱讀！

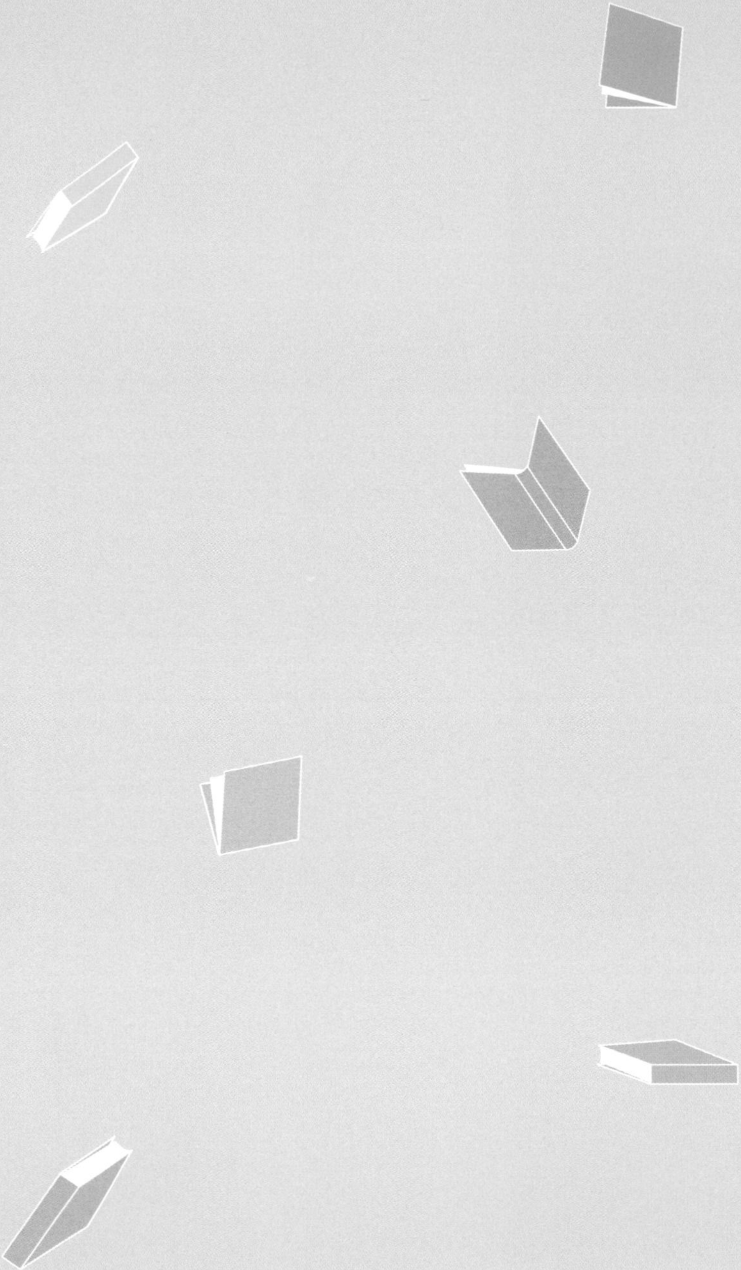

閱讀123